Cats in Hats

戴帽子的喵

喬・克拉克 Jo Clark 圖
強尼・利頓 Jonny Leighton 文
王心瑩 譯

繪者簡介
喬·克拉克（Jo Clark）

主修童書插畫，於2010年取得劍橋藝術學院的碩士學位。此後透過極受歡迎的插畫風格，在賀卡、禮品、家居用品和文具等方面發展得很成功。她一直很喜愛動物，希望自己的作品能促進對所有動物的善意，同時讓你開心發笑。身為蔬食主義者，她也很期待出現新的科技，讓她的產品對環境減少衝擊。

譯者簡介
王心瑩

夜行性鵂鶹科動物，出沒於黑暗的電影院與山林田野間，偏食富含科學知識與文化厚度的書本。譯作有《我們叫它粉靈豆—Frindle》、《魔法校車—科學博覽會》、《生命的故事—演化》等，並曾參與【波西傑克森】、【混血營英雄】、【太陽神試煉】、【阿斯嘉末日】等系列書籍之翻譯。

戴帽子的喵

圖 / 喬·克拉克（Jo Clark）
文 / 強尼·利頓（Jonny Leighton）
譯 / 王心瑩

資深編輯 / 陳嬿守
封面設計 / 王瓊瑤
內頁設計 / 連紫吟、曹任華
行銷企劃 / 鍾曼靈
出版一部總編輯暨總監 / 王明雪

發行人 / 王榮文
出版發行 / 遠流出版事業股份有限公司
地址 / 104005 臺北市中山北路一段11號13樓
電話 / (02)2571-0297 傳眞 / (02)2571-0197 郵撥 / 0189456-1
著作權顧問 / 蕭雄淋律師

2021年9月1日 初版一刷
定價 / 新臺幣320元（缺頁或破損的書，請寄回更換）
有著作權·侵害必究 Printed in Taiwan
ISBN 978-957-32-9179-4

v/---遠流博識網 http://www.ylib.com　E-mail: ylib@ylib.com
遠流粉絲團 https://www.facebook.com/ylibfans

國家圖書館出版品預行編目（CIP）資料

戴帽子的喵/喬.克拉克(Jo Clark)圖；強尼.利頓
(Jonny Leighton)文；王心瑩譯. -- 初版. --
臺北市：遠流出版事業股份有限公司, 2021.09
面；　公分.
譯自：Cats in hats
ISBN 978-957-32-9179-4(精裝)

874.599　　　　　　　　　　　　110008976

探頭進入
貓的活動板門

　　你喜歡貓嗎？你喜歡戴上帽子的貓嗎？你喜不喜歡戴著假髮的貓、頭上頂著水果的貓，或者乍看有點像是眾人崇拜的名人，但長相稍微抱歉的貓？

　　喜歡嗎？恭喜，你的興趣還滿古怪的，而你來對地方啦。

　　不喜歡嗎？那你來這裡幹嘛？

　　反正已經來了，何不乾脆探頭到門內，瞧瞧你從來不曾見識過的貓咪製帽師，看看門的另一邊有什麼好玩的妙事等著你……

星際貓

　　很久很久以前，很遠很遠的一處貓窩裡，有一隻科幻界的「超貓」在宇宙中昂首闊步，摧毀邪惡帝國，準備教訓某些壞蛋，拯救全世界。

　　或者她是頭上黏著兩個肉桂捲的小貓？我們永遠參不透實情啊。

註：造型模仿電影《星際大戰》的莉亞公主。

克勞蒂

　　這隻花俏的法國貓咪戴著貝雷帽。她喜歡布里乳酪，偶爾在舒適的春日抽根高盧菸。她與喵麗葉·畢諾許共同主演新浪潮電影，獲頒「貓棕櫚獎」。

　　你說她很老派是什麼意思？閉嘴啦！

註：造型模仿法國知名女演員茱麗葉·畢諾許（Juliette Binoche）。

愛喵莉亞・艾爾哈特

有些貓躍向天際，獵捕那些長著鳥羽的玩物；有些貓的飛天之舉則是充滿探險精神。

愛喵莉亞聽說有個荒島長滿了棕櫚樹，可以做成超棒的貓抓板。唯一的問題是：那個地方位於遙遠的太平洋，以前從來沒有貓咪、小狗，甚至人類冒險前去那裡。

祝福勇敢的小貓一路順風，祝一路順風啊……

註：造型模仿愛蜜莉亞・艾爾哈特（Amelia Earhart），她是第一位獨自飛越大西洋的女飛行員，一九三七年嘗試環球飛行，在太平洋上空失蹤。

毛茸茸的巴納比

　　把船槳收起來，陪伴這隻毛茸茸的船貓，輕鬆愜意順流而下。好好享用一杯紅酒，望著整個世界從身邊漂流而過。

　　只有一項規矩要遵守：不要亂潑水！如果你亂潑水，可能會因為翻船而落水。那樣一來，要花很長的時間才能把你這位船伴身上的河水完全擰乾。很可怕，不要試。

火辣的兔女貓

　　復活節兔子很忙，要做巧克力彩蛋送給小男生和小女生，還要送給肚子像無底洞的大人，這些人的肚子只塞得下昂貴又時髦的巧克力。

　　貓咪也來盡一己之力，這位兔女貓是很樂意幫忙啦⋯⋯只要你出得起價錢。她接受現金、信用卡或貓薄荷。

「叫我魚實瑪利」

　　那位船長身負重任，拖著「魚實瑪利」出去航越大海，卻是徒勞無功。

　　他甚至根本不喜歡魚，更別提那碩大的白鯨了。他那隻貓還比較喜歡鳥兒。

　　瞧瞧那可憐的傢伙。他一直眼巴巴望著遠方的風頭浪尖處。我很清楚，某貓還寧可讓人搔搔肚皮……

註：美國小說家赫曼・梅爾維爾（Herman Melville）的著名小說《白鯨記》，以紐約青年以實瑪利的角度，敘述亞哈船長帶領全體船員獵捕白鯨的故事。開頭第一句「叫我以實瑪利」，是文學史上著名的開場白，此處也模仿那樣的語氣。

奪命女

　　這隻貓戴的帽子是她獵殺的鳥類，而且凌晨三點從貓的活動板門拖進來；有誰不愛這樣的一隻貓呢？告訴我，誰？

　　奪命女是一隻鐵石心腸的小貓。在高聳的樹上，在屋頂上，沒有一隻鳥逃得過她的毒手。

　　（她也想找一個家，有人願意收容嗎？）

註：造型模仿電玩遊戲「鬥陣特攻」的「奪命女」角色，頭上戴著鳥形頭盔。

艾美小姐

　　人們想盡辦法要讓這隻貓咪康復，而說來幸運⋯⋯她辦到了。不過我們也得坦白，貓薄荷的癮頭正漸漸失控，這每個人都看得出來。

　　她現在真的很好，謝謝你問起喔。

註：造型模仿英國歌手艾美・懷絲（Amy Winehouse），她曾經以〈康復〉（Rehab）一曲獲得葛萊美獎，後來因為深陷毒癮和酒癮而過世。

戴著「斯泰森」牛仔帽的莎莉

　　這位雪白的女牛仔很清楚「哞」和「喵」之間的差異，她現在就要出門去趕牛。最棒的事就是騎著阿帕盧薩馬，在開闊的平原上疾速奔馳，強風把她的毛皮吹得鼓鼓的。

　　什麼？你從來沒見過貓咪騎馬？你白活了。

註：斯泰森（Stetson）是美國著名的牛仔氈帽品牌，於一八六○年代設計
　　出第一頂牛仔帽。

憂愁的賽門

　　土耳其氈帽最適合隱藏重大的祕密。就像賽門其實不像他的外表那麼淡漠又冷酷。沒錯,他可能會將尾巴舉得高高的,從你身邊走過,輕蔑的眼神大可害某人內傷住院,但其實呢……

　　他只是想討拍而已。

焦先生

　　這隻友善的鄰家小貓,感覺像是會幫你撲滅火災,不過所謂的「貓不喜歡水」,還真的會造成障礙。

　　而大家都同意吧,他戴那頂瀟灑的帽子,看起來挺帥的。

喵蛙如願

　　貓咪很樂意接受飼主幫牠精心打扮……服裝是愈傻氣愈好。舉例來說，一頂編織的蛙蛙帽，會讓你的貓咪滿心喜悅喔。（試著將帽子戴到貓咪頭上時，別太在意貓爪抓傷你。）

　　這下子，喵蛙如願有一點自我認同的危機。她究竟是一隻蛙還是一隻貓？誰知道呢？無論如何，她是個可愛的小寶貝囉。

什錦水果

「我頭上有玄機，對吧？」

饒舌酷貓

　　這隻貓不只是戴了一頂帽子,她「本身」就是帽子。對我們所有人來說,這簡直像是好好上了人生的一課,如果你真的用心觀察的話。

　　饒舌酷貓炒熱氣氛。你在跳舞嗎?對呀,我要和你尬舞。

我們已經是你的答案

討你歡心

陪伴你度過的所有時光……

肯定自己的力量

維持我們高貴的形象

我們偶爾發發脾氣

搶奪你的注意力

載你們子子的啪 遠流
Craig Jo/Mato

存在主義佛列德

　　所有人不時會冒出一股存在危機。就像佛列德，那一天，他第三百四十五次舔自己的貓屁屁時，存在危機就像一列貨運火車撞上他。

　　我想要當的是這樣的貓嗎？我活的是第幾條命？第六條嗎？佛列德，沒時間了……快要沒時間了啊……

金絲貓

　　有個可怕的錯誤觀念是這樣的：金髮女子既愚蠢、幼稚又做作。然而，以這隻貓為例，恐怕完全符合喔。

　　金絲貓老是與身邊的其他貓咪爭執不休。但是說來有趣，這種情況只出現在金絲貓照鏡子的時候。

狡猾迪奇

　　說到耍伎倆啊，狡猾迪奇把他的捕鼠職責發揮到另一個層次，以這種邪惡的偽裝方式，悄悄跟在敵人後方。

　　那些小老鼠完全受到這頂帽子的愚弄。牠們怎麼有可能看穿這種把戲？

註：美國第三十七任總統尼克森（Richard Nixon）有個綽號叫「狡猾迪克」（Tricky Dicky）。

大衛·喵伊

　　這隻貓化上了閃電妝來致敬，是做得太過頭了，但男孩他可以彈吉他。

　　（他的演奏技巧很厲害了啦，畢竟他沒有與其他手指相對的拇指，也不曾接受正式的訓練。）

註：造型模仿英國搖滾歌手大衛·鮑伊（David Bowie）創造的舞臺人格，
　　臉上化著閃電妝；兩眼虹膜不同色也是他的特色。「他做得太過頭了，
　　但男孩他可以彈吉他」是一句歌詞，出自他的著名歌曲〈齊格星塵〉
　　（Ziggy Stardust）。

護士小貓

要讓你恢復健康，你只需要這位護士就夠了吧？當然啦，他不能幫你打針，但如果有這麼可愛的貓，誰還需要醫藥呢？

警語：「可愛」無法取代專業的醫療協助。這隻貓沒有義務讓你脫離任何疾病苦海，無論是真實或想像的病都一樣。

頂著爆炸頭的貝琪

　　什麼？你以前從沒看過一隻貓頂著棉花糖顏色的爆炸頭髮型？你白活了！

　　貝琪很樂意分享她的時尚建議，只要你先對她拋出幾句讚美之詞。又或者，也許呢，一些貢品也行。

迷幻紫雨

　　仔細凝視這隻貓的雙眸，他完全知道這聽起來像是鴿子在哭泣。

　　（主要是因為鴿子不懂為何會有一隻貓頂著高聳的假髮髻，一邊繞著公園追著牠們跑，一邊把「王子」的歌曲唱得超難聽。）

註：造型模仿美國著名歌手「王子」（Prince），他的歌曲〈紫雨〉（Purple Rain）有句歌詞是「這聽起來像是鴿子在哭泣」。王子經常變換誇張的髮型，並曾以貓咪脖子配戴的「愛的符號」作為藝名。

浴帽小貓

「你告訴我，我們正要去樓上依偎在一起。我為什麼要戴上這頂帽子呢？蘇珊，離浴缸遠一點喔，我可不同意。你絕對無法活捉我。不要洗澡……做什麼都可以，就是不要洗澡！」

墨西哥草帽貓

　　有時候呢，貓咪就是不想讓陽光照到眼睛，同時又要看起來一副超酷的樣子，對吧？

　　墨西哥草帽貓特別喜歡來杯瑪格麗特調酒，附上漂亮的萊姆片，邊緣抹點鹽。那麼，就等你準備好囉……

牡丹花小貓

　　這位熱心的園丁耽擱了有點久，她沒有回去屋子裡，而現在有幾朵花稍微少了一點，呃，花瓣。糟糕。

　　那些不是你得獎的玫瑰花，對吧？好險。因為她也吃了那些花。

註：貓咪若誤食牡丹花可能會中毒。

毛球醫師

情況嚴峻的時候，貓咪也很想要幫忙。

毛球醫師是貓咪心目中最棒的醫療人員。只不過呢，別期待她會浪費時間去注重醫療態度。她來到這裡是要把你治好，而不是來取悅你，真要命！

好，誰把手術刀遞過來吧。

麥克毛球

　　到底是什麼原因，讓你覺得這隻貓是蘇格蘭貓？是格子呢帽？還是薑黃色的毛？我再說最後一次：不是每隻蘇格蘭貓都會演奏蘇格蘭風笛！

　　然而，麥克毛球的樂團，「蘇格蘭小鬍子與高地人」真的可以為私人場合提供表演，所以如果你想要為婚禮、生日宴會和蘇格蘭吉格舞會找個歡樂的四人樂團，歡迎詢問喔。

貓皇后

　　古埃及人也許建造了金字塔，但他們要為很多事情負起責任。貓在當時受到皇族般的禮遇，此後永遠無法擺脫那種優越感。這隻貓甚至戴了皇冠。

　　所謂的「飼主」只是大多數貓咪的奴僕，你千萬別忘了這一點。

貓掌二：續集

　　登登……登登……

　　你才剛覺得現在很安全，可以回到水裡時，來自最恐怖惡夢的一種怪物出現了：貓掌！

　　其實呢，只有你搶了貓在沙發上的地盤時，貓掌才會發威。所以，如果你少了一條腿，別說沒人曾經警告你。

註：這隻貓戴的帽子是雙髻鯊的造型，「登登……登登……」則是電影《大白鯊》中即將有鯊魚出沒時的配樂，此處模仿續集《大白鯊2》咬掉人腿的情節。

帽多爵士

　　大多數的貓是我們的主人，而不是我們擁有貓咪。顯然，這隻上流社會貓就更不用說了。

　　帽多爵士根本不在乎那樣會不會害你傷心。帽多爵士是你的主人。

肥貓酪梨

很多人都說，如果「千禧世代」真的想買房地產，只要把平常老是大啖酪梨早午餐的錢省下來就行。他們難道不能稍微自我克制一下嗎？

這個嘛，如果「大酪梨」打算把每一顆美味的酪梨都分給貓咪，那麼我才不在乎買不買得起房子。給我看看這個充滿肥貓酪梨的城市！

註：「千禧世代」一般是指在千禧年前後進入二十歲的青年世代，當時科技起飛，生活優渥，那一輩的人重視享受大於工作。「大酪梨」則暗指暱稱為「大蘋果」的紐約，這個大都會吸引了世界各地的年輕人造訪，也是早午餐文化盛行之地。

細嚼慢嚥妙主廚

「角落的兩人桌？」

說到你生活中的挑嘴貓，何不安排一位私房「喵」廚，滿足貓咪一族的所有奇思異想？這一位細嚼慢嚥妙主廚就匆匆做出非常有特色的「橙汁鴨胸」。

不過正如你所知，這道菜的「橙汁」部分，可能與毛茸茸的細嚼慢嚥妙主廚很容易咳嗽有關係。別說沒有人事先提醒你喔。

註：柑橘類水果可能會讓貓咪嘔吐或腹瀉。

自由貓神像

　　看哪！民主的燈塔，自由火焰的守護者，那把火在重視自由的每一位女性、男性和孩子的心頭熊熊燃燒……那是「自由貓神像」。只要跟隨她的火光，她絕不會帶領你走上錯誤的道路。

　　（我是說，她會努力不要帶錯路。把這種責任放在一隻貓咪身上，真是造成莫大的壓力啊。）

註：造型模仿位於美國紐約的自由女神像。

克麗歐貓特拉

　　你可知道「埃及豔后」克麗歐佩特拉其實是希臘人？或者她可能有一頭紅髮？而且她很可能不像我們所描述的那麼美豔？還有凱撒大帝遇刺的時候，她其實人在羅馬？

　　或者……她是一隻貓？

大笨鐘

　　如果你把一隻貓和一個時鐘結合在一起，會得到什麼呢？定時貓鐘，哈！

　　而聽了這個很冷的笑話，這隻貓將會攔下一輛計程車，直奔機場，遠走高飛，再也沒有人看過牠。

註：英國議會大廈頂上的時鐘暱稱為「大笨鐘」，是倫敦的著名地標。

尖牙妖姬

　　所有人都知道，貓非常怕蛇，也很怕看起來有點像蛇的所有東西，例如小黃瓜。真的啦，去看看 YouTube 吧，足以狂笑好幾個小時。

　　這隻小貓咪的頭毛真的是由蛇所構成。也因此，她直直盯著你的眼睛……因為她絕對不能往上看！

　　註：造型模仿希臘神話的蛇髮女妖梅杜莎。

73

拿喵里披薩

想要把這樣的餡料都放到披薩上面嗎？可以搭配你想放的所有配料：乳酪、番茄、橄欖，以及……貓咪。免運費，保證準時送達，而且熱騰騰的喔。

且慢？貓咪？有誰說到「貓咪」嗎？

郵差貓鏽斯提

鏽斯提有很多地方要去，有郵件要投遞，而且不會，他不會擔心有狗。他才不怕無毛人類所寵愛的那些有依附問題的雜種狗，要他把包裹拋到籬笆的另一邊也沒問題，因為呢，你猜怎樣？他又不是你的私人管家，他只是郵差貓。

懂了吧？

卡車司機泰瑞

　　泰瑞在全國各地的每個公路休息站都有一個家，每天晚上都躺在一張沒睡過的床上。不是每個人都能過這種生活，不過有些貓就是很適合在公路上東奔西跑。

　　注意看他那頂很棒的帽子。正是有那樣的帽子，所以很值得過著 # 卡車人生，對吧？

　　吼，吼！

霍莉佳節快樂

　　今年以來，霍莉一直是非常乖的貓，而耶誕節到了，她想要：

　　一、每天二十四小時、每週七天跟在你身邊團團轉，沒有特殊的理由。（不過呢，一旦她覺得有需要，也會很長一段時間不見貓影，讓你急得團團轉。）

　　二、直接睡在你胸口，讓你嚴重呼吸困難。

　　三、把你的窗簾當作貓抓板，即使你去年就幫她買了很高級的貓抓架。

雪貓

　　跟著雪貓走，她會帶你踏上一段神奇的探險之旅，穿越晴空，上達北極，在那裡介紹你認識她所有的雪貓好友。

　　到了早上，你會大吃一驚，擔心這一切全是一場夢。我在這裡要告訴你，那確實是一場夢。你需要尋求緊急醫療協助，你經歷了一場幻覺。

文化貓雪梨

　　一方面是頗具現代感，顯得優雅、細緻又帶有象徵意味，可說無疑是國際化的圖像，也是進步和有文化的表現手法，影響力橫跨各個世代。

　　另一方面是雪梨歌劇院形狀的帽子，戴在一隻貓的頭上。這真的需要好好想一想。

註：雪梨歌劇院為澳洲雪梨的著名地標，目前已列為世界文化遺產。

穩如泰山的泰迪

　　有時候身為一隻小貓還不夠⋯⋯你還得更進一步，確定所有人都知道你是全城最可愛的小貓才行。

　　正因如此，這位泰迪穿戴成「泰迪熊」的模樣。誰才能討到眾人的拍拍呢？這下子就毫無疑問了。

耶誕貓諾耶兒

　　耶誕節到了，這只意味著一件事：諾耶兒又要大鬧耶誕樹了。去年，她打破了十五顆裝飾小球，而且讓耶誕小燈散落在地毯上，從客廳一路延伸到廚房。

　　然而，她倒是從來沒動過樹頂的星星。不過呢，感覺這會是她今年的目標。這是她的耶誕節頭號願望。

感恩的小貓

　　這位小南瓜想要感謝所有的小老鼠提供那麼多追逐的樂趣，感謝小鳥提供觀察的娛樂，感謝小狗提供那麼舒服的狗窩，也感謝她自己真是表現得棒透了。

雷神索爾

　　戴著那頂尖尖的頭盔，控制著閃電和雷鳴，以及超貓般的強大力量，雷神索爾很可能令人望而生畏……

　　不過其實呢，他只是想要討抱啦。就像全世界每隻可愛的小貓咪一樣。

　　再會啦。

脫帽推薦

　　看看我們的文學跟藝術就知道，我們打從心底羨慕貓過生活的方式，甚至會幻想自己也能成為貓。但這本《戴帽子的喵》給我們反向思考，試著讓貓帶上不同帽子，去體驗那些人類獨有的冒險跟生活方式。

　　雖然這本書非常可愛療癒，但也不禁讓人反思，究竟要如何把我們的人生變得充實有趣，像是書中貓咪頭上那頂獨特的帽子呢？這個問題可能需要你花一點時間去追尋。在那之前，你可以先翻開這本書，或許會找到那頂同樣適合你跟貓咪的帽子。

——**林子軒**／貓行為獸醫師

兩個獨立的主題，搭在一起竟然產生奇妙的視覺效果。簡潔俐落的編排方式，讓貓成為唯一的焦點，讓人忍不住一頁一頁地往下翻！

——**陳又凌**／插畫家

　　身為一名資深貓奴，貓的機車和不可一世，我很懂；貓的軟萌可愛，我也懂；同樣地，這本書的圖文作者喬・克拉克和強尼・利頓，通通懂。

　　閱讀每一則短文，品味所繪的每一隻貓咪，都活靈活現地抓住了貓咪那令人著迷的特質，雖然被迫戴上千奇百怪的帽子，依然自信滿滿地嘲諷人類的惺惺作態，令人難忘。當你闔上書本，腦海裡一定會鑽出書中某一隻貓，告訴你：「退下吧，奴才！」

——**發光小魚**／文學博士、專業貓奴

從星際大戰裡的莉亞公主到臉上畫著閃電妝的大衛‧鮑伊，你有沒有想過「貓版」的他們會是什麼模樣？《戴帽子的喵》作者神奇的聯想力會讓你驚豔不已——不論文化偶像、歷史人物、節慶與地理符號或美學象徵，全部成為貓咪頭上變裝遊戲的靈感來源。這本書可以輕鬆讀，也可以拿來研究，反正這一切對貓來說，都像毛線球一樣好玩。還不快翻開書啊？喵嗚！

——**黃筱茵**／資深兒童文學工作者

把帽子加戴在不可一世的貓身上，算是一種幻想，因為大多數的牠們可不會乖乖就範。藉由畫家的創作，帽子的形式變化讓貓的可愛度加乘，從自由貓女神到雷神索爾，每個造型都有滿載的喜感魅力！

——**貓夫人**／攝影工作者